ALFABETIZAÇÃO

Ensino Fundamental

SIGA OS PONTOS PARA ESCREVER. COMPLETE E PINTE OS DESENHOS.

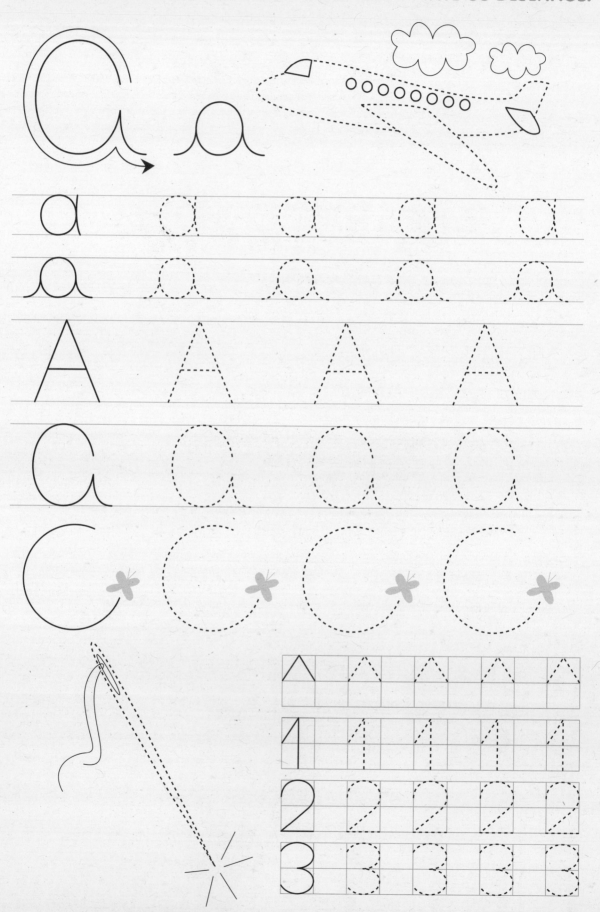

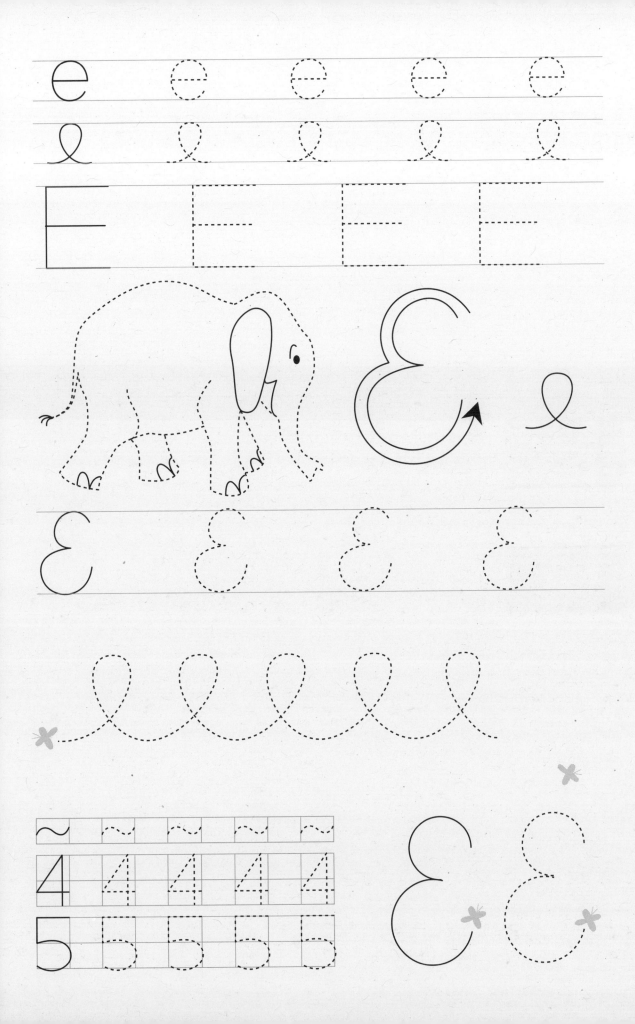

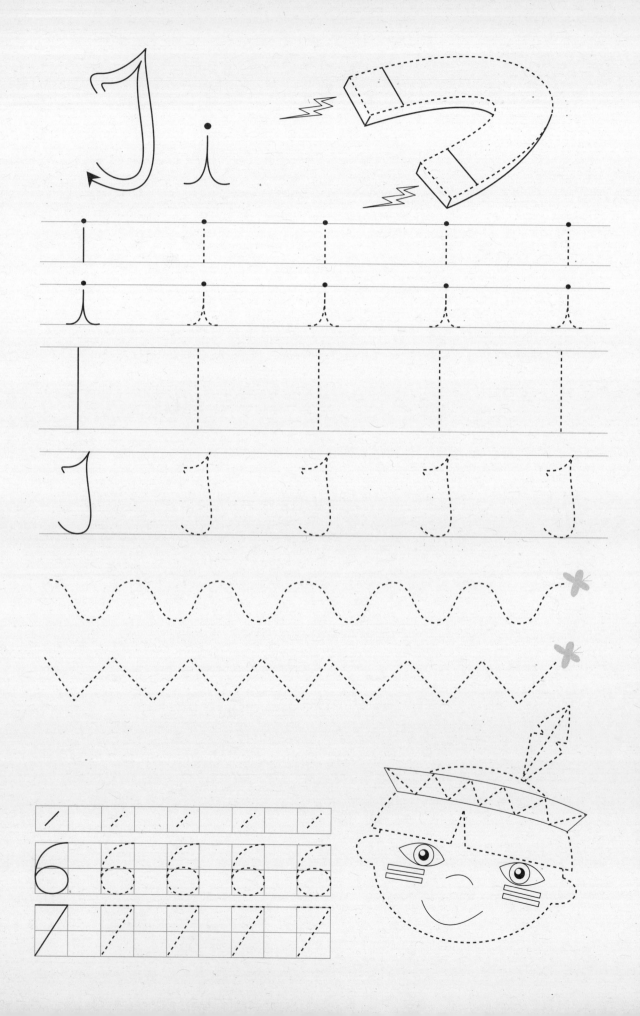

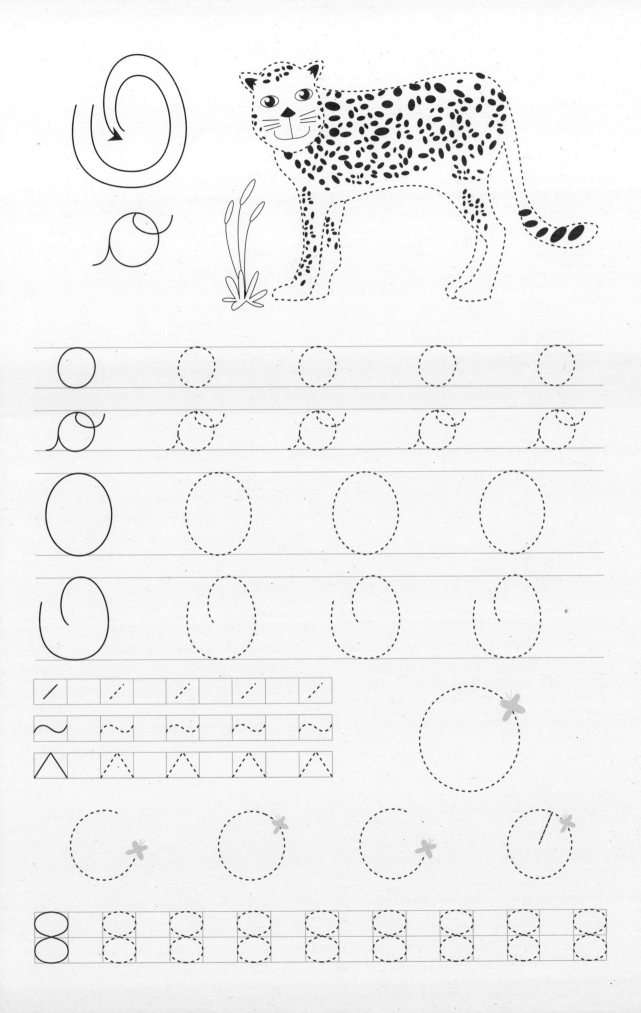

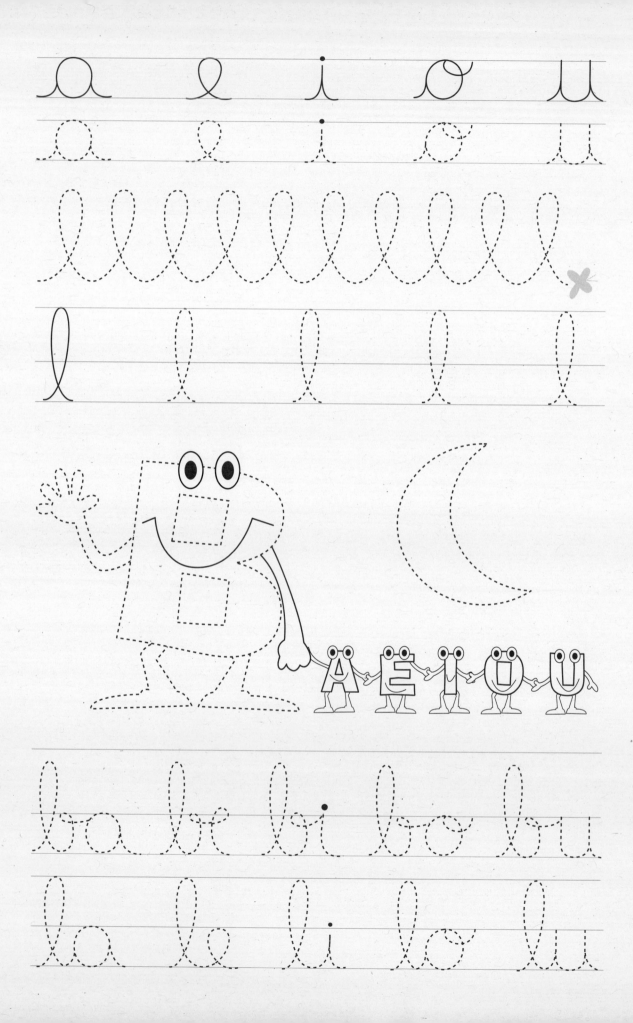

ba be bi bo bu

la le li lo lu

bala

belo

Bilu

bola

bulo

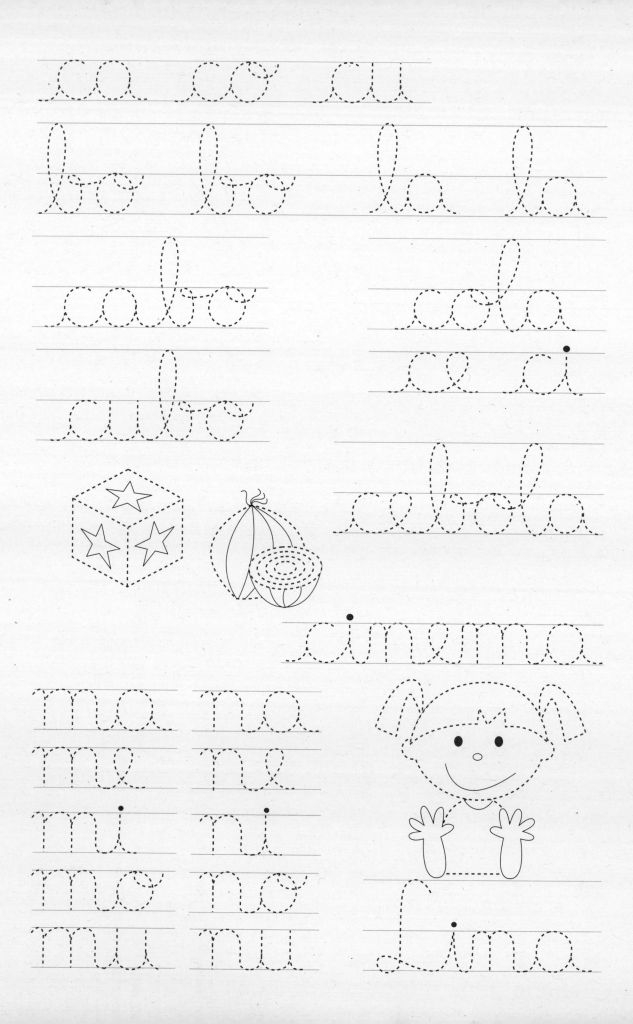

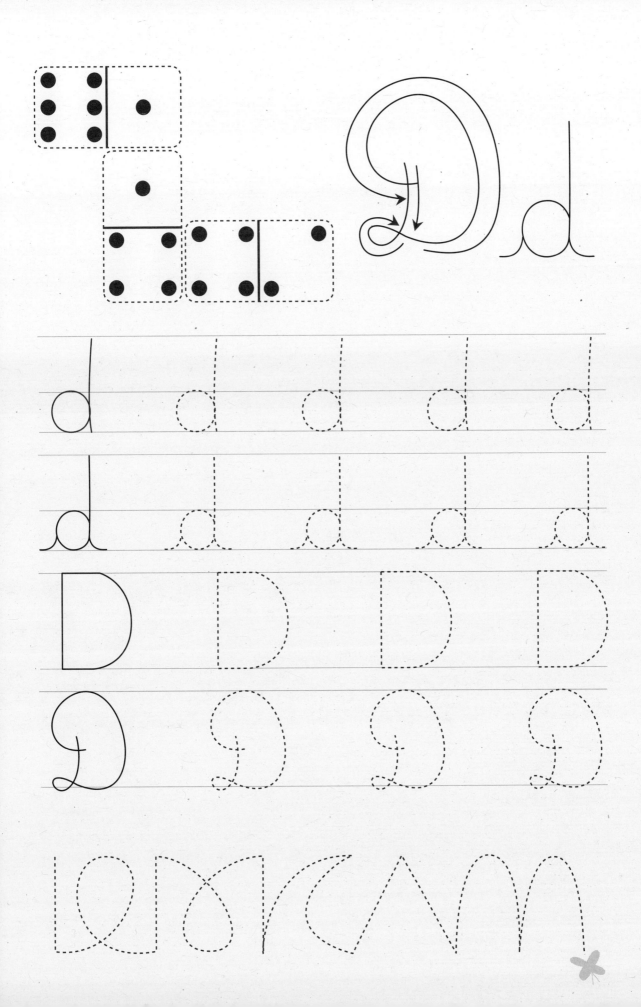

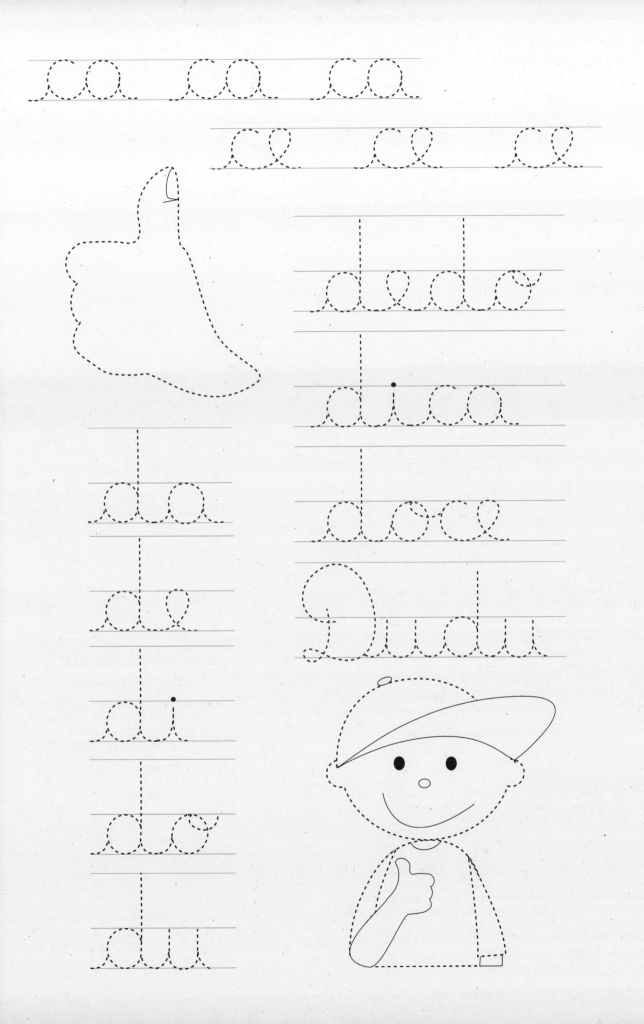

QUE TAL ESCREVER AS FRASES E PRATICAR A CALIGRAFIA?

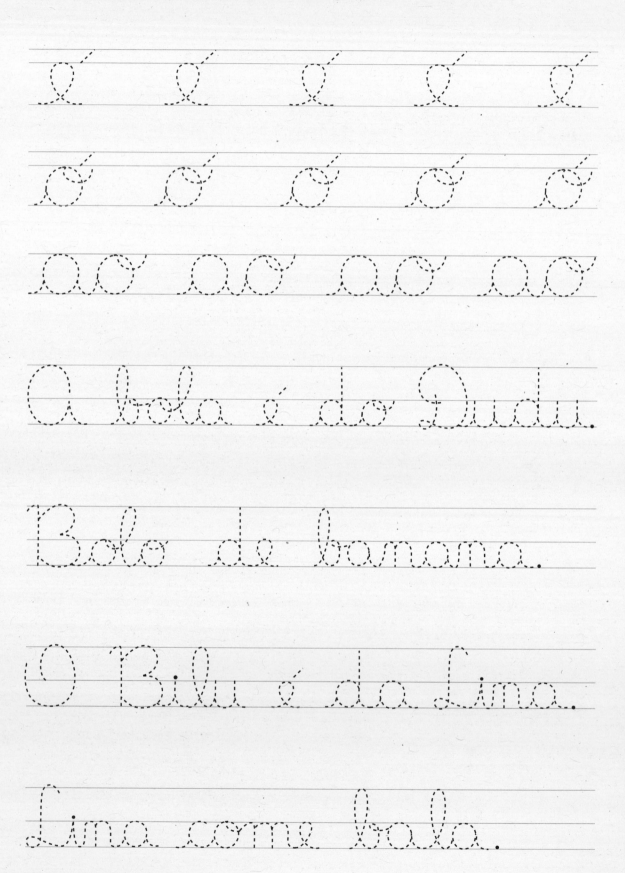

u u u u u

m m m m m

mu mu mu

um um um

O dado é um cubo.

O cabelo da Lina.

A dama é da Lina.

O dominó é do Dudu.

SIGA OS PONTOS PARA ESCREVER. COMPLETE E PINTE OS DESENHOS.

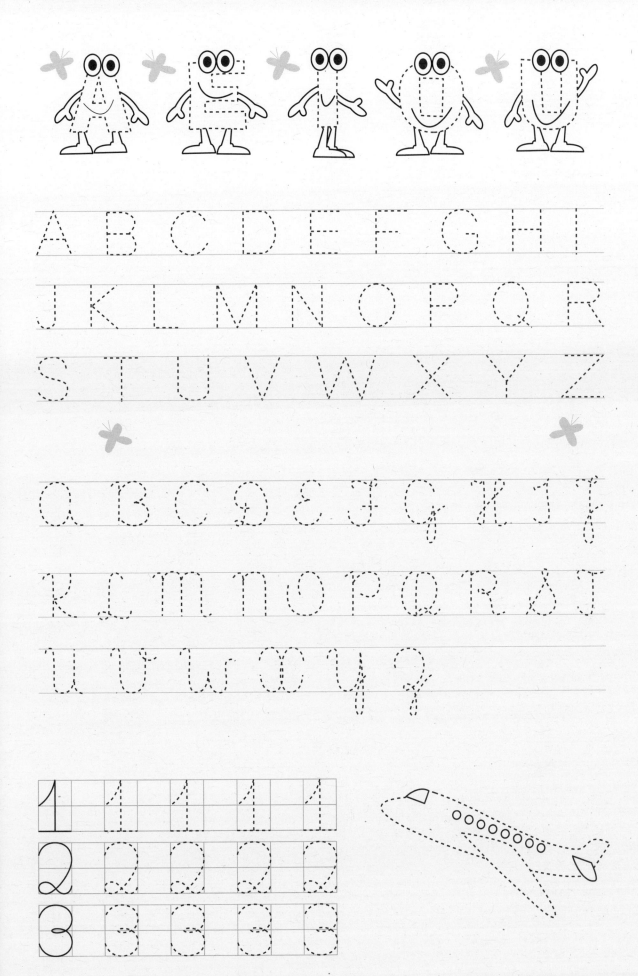

PARA LEMBRAR, TREINE MAIS UM POUCO OS ACENTOS E AS VOGAIS.

VAMOS RECAPITULAR AS SÍLABAS?

RECAPITULANDO AS SÍLABAS E FORMANDO AS PALAVRAS...

ma me mi
mo mu

MA ME MI MO MU

na ne ni
no nu

NA NE NI NO NU

banana bebida bidê
boneca bule
caldo cocada cubano
cena cinema
dama dedo dica
dona duna

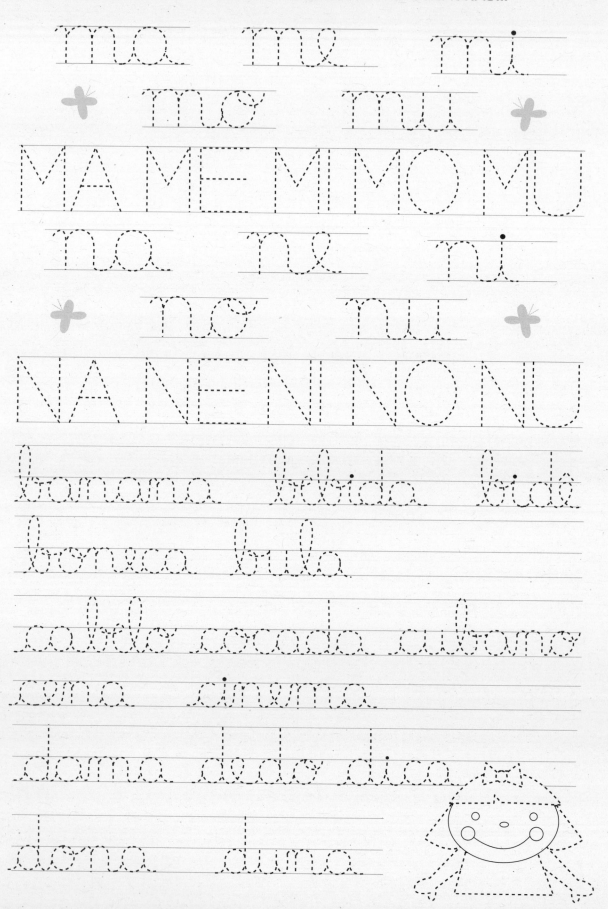

AGORA, VAMOS TREINAR NOVAS LETRAS!

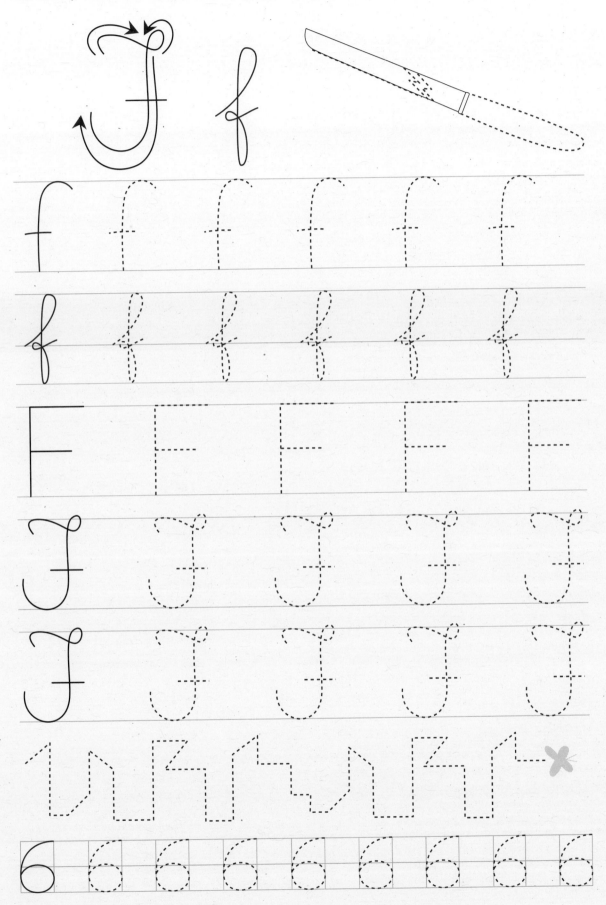

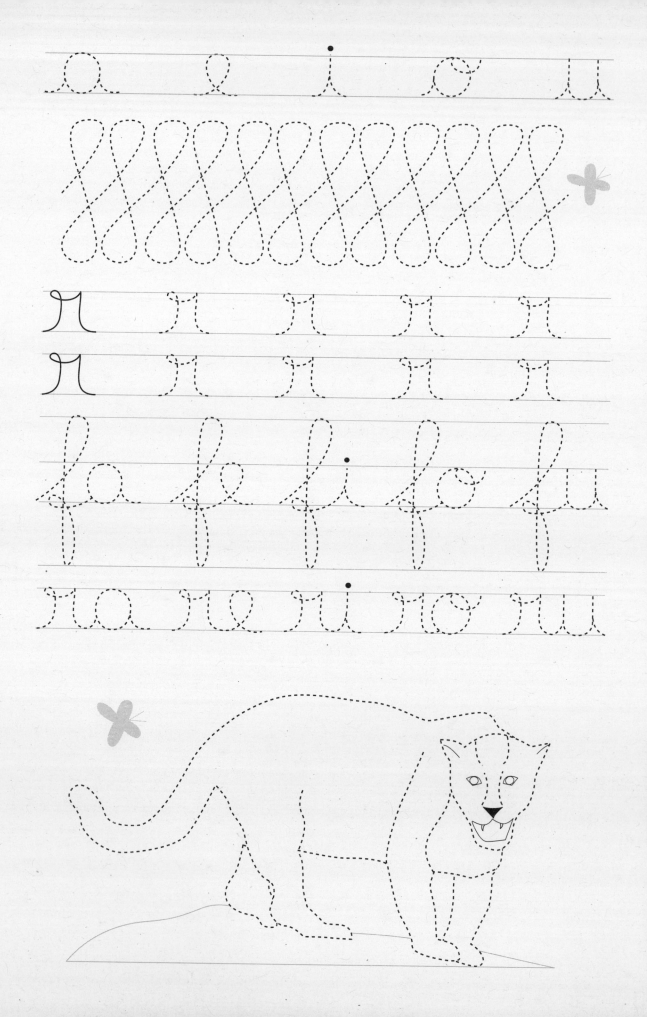

fa fe fi fo fu

ba ca la ra

ba ca la ra

faca fora fila

foca fubá

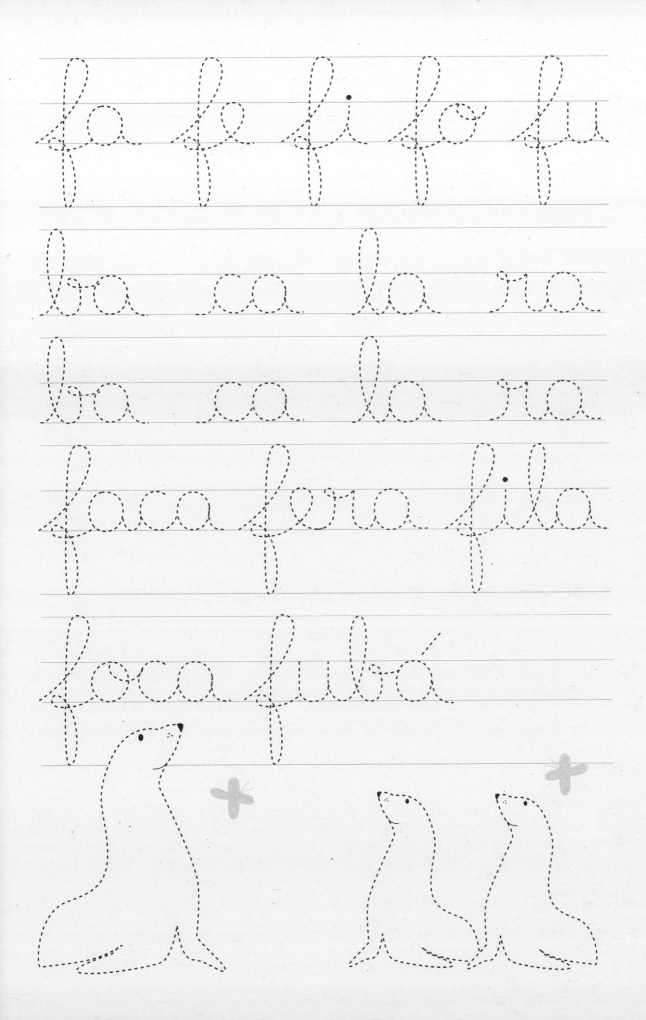

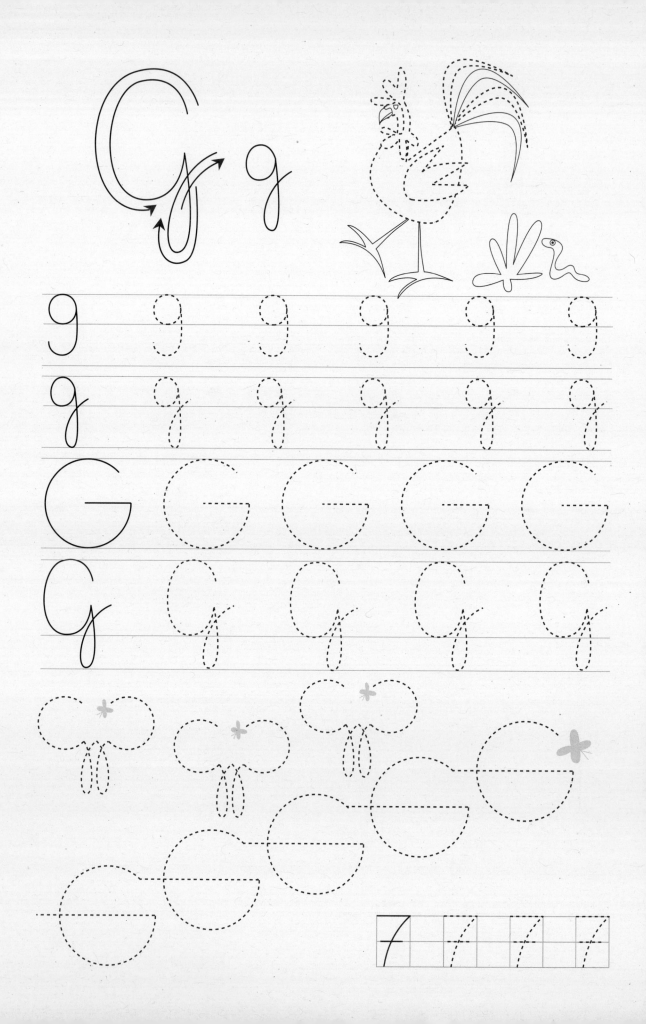

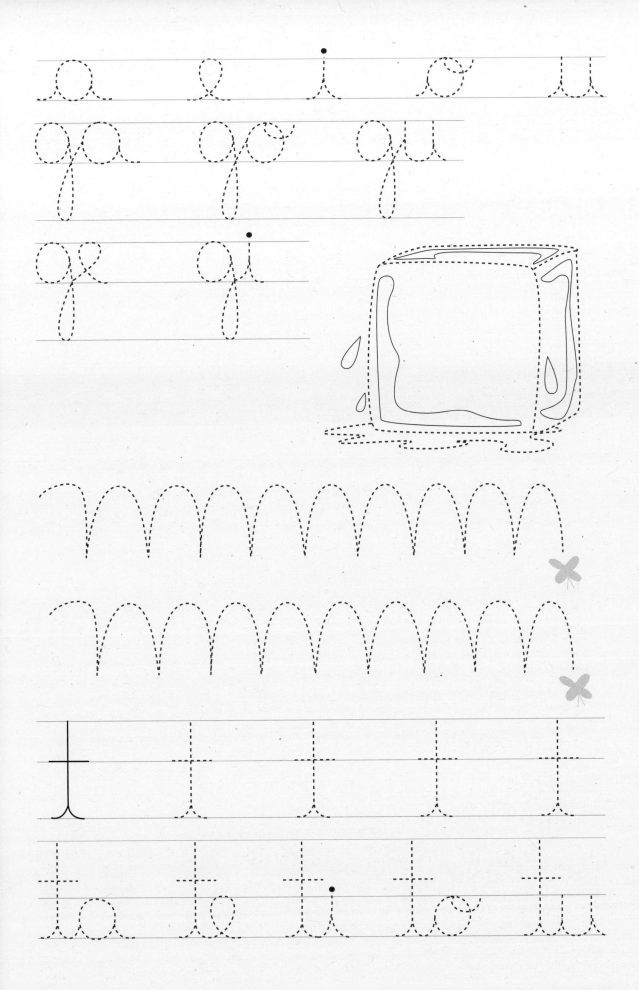

ga go gu

ta to ta to

la lo la lo

gato galo gota gula

ge gi

fa ma ra

uma girafa

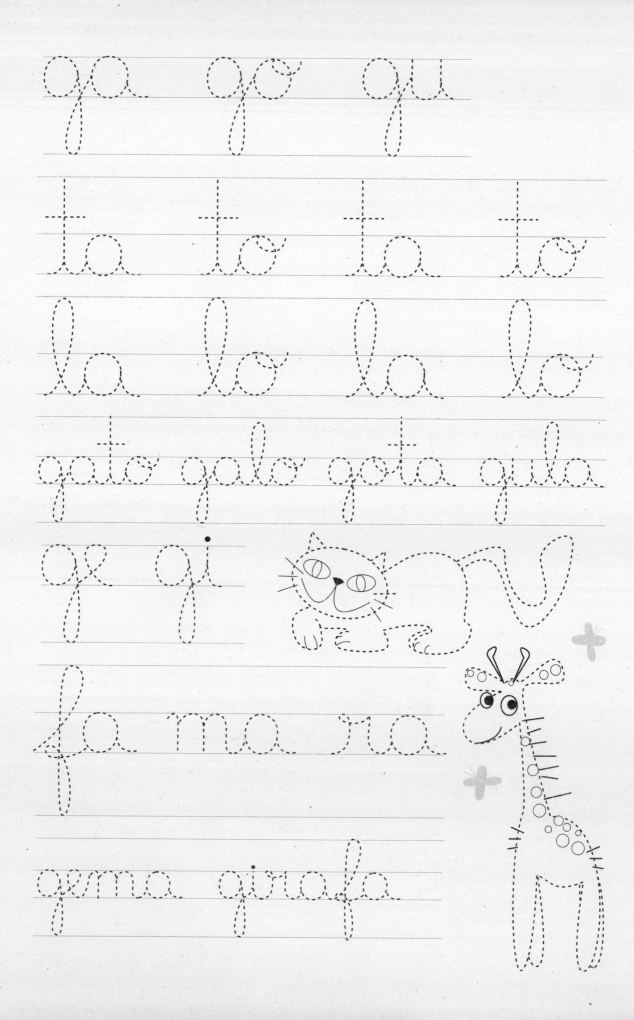

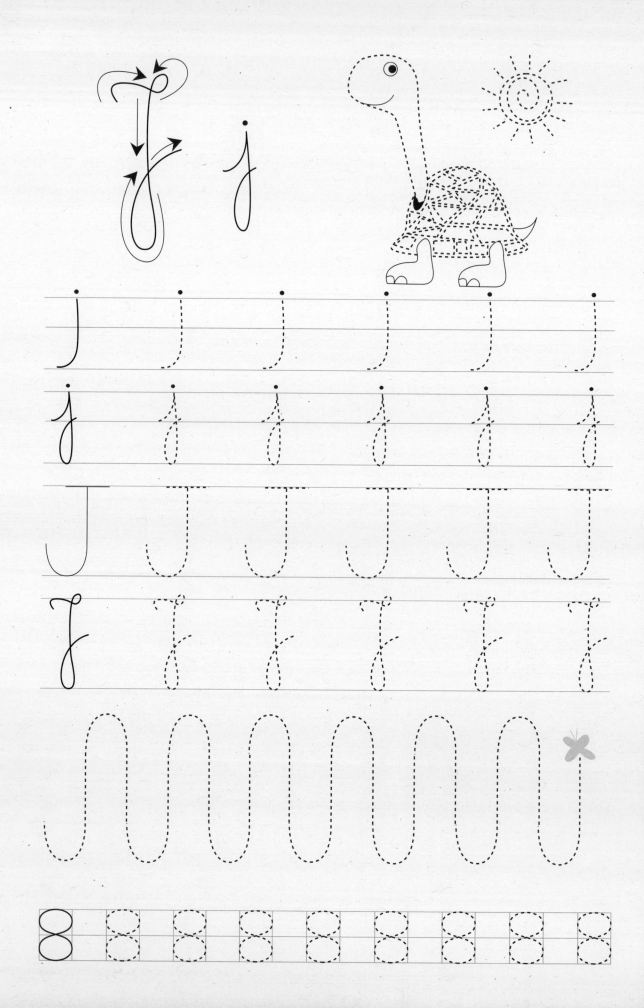

QUE TAL PRATICAR UM POUCO MAIS A CALIGRAFIA?

ma me mi mo mu
na ne ni no nu

Fifi é a foca.

Gina é a menina.

Juca é o guri.

O gato fofo é da
menina Gina.

ai ai ai ai ai

cai cai cai cai

bé bé bé bé bé bé

Gina joga dama

e Juca lê gibi.

Jiji come garapa

de garapa

O jabuti na janela.

A gota cai do gelo.

SIGA OS PONTOS PARA ESCREVER. COMPLETE E PINTE OS DESENHOS.

balão

ae ai ao au
ea ei eo eu
ia ie io iu
ua ue ui uo
ãe ão õe

13 13 13 13 13 13 13

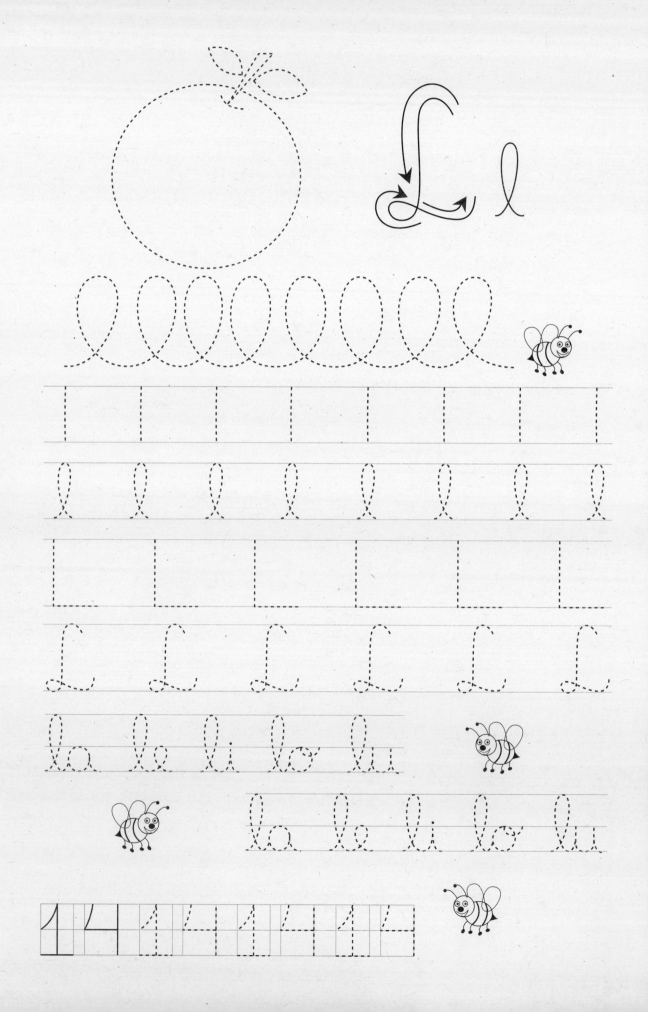

ma me mi mo mu

la la la la la la

me la mela

Mila Mila

me la mela

mu la mula

ma ca co macaco

na ne ni no nu
né né né né né

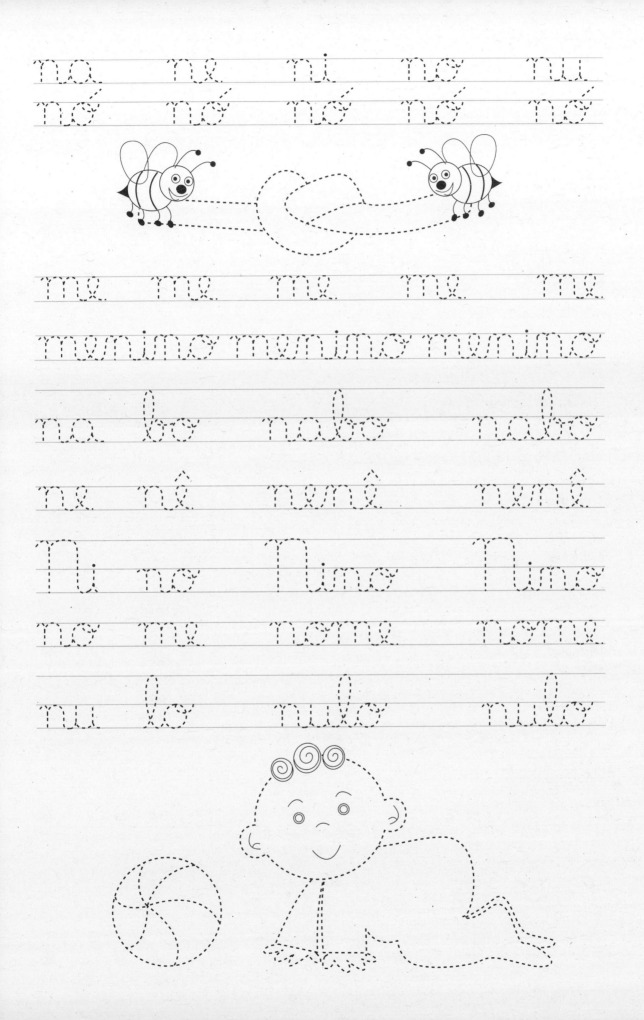

ma me mi mo mu
menino menino menino
na bo nabo nabo
ne né nené nené
Ni no Nino Nino
no me nome nome
nu bo nubo nubo

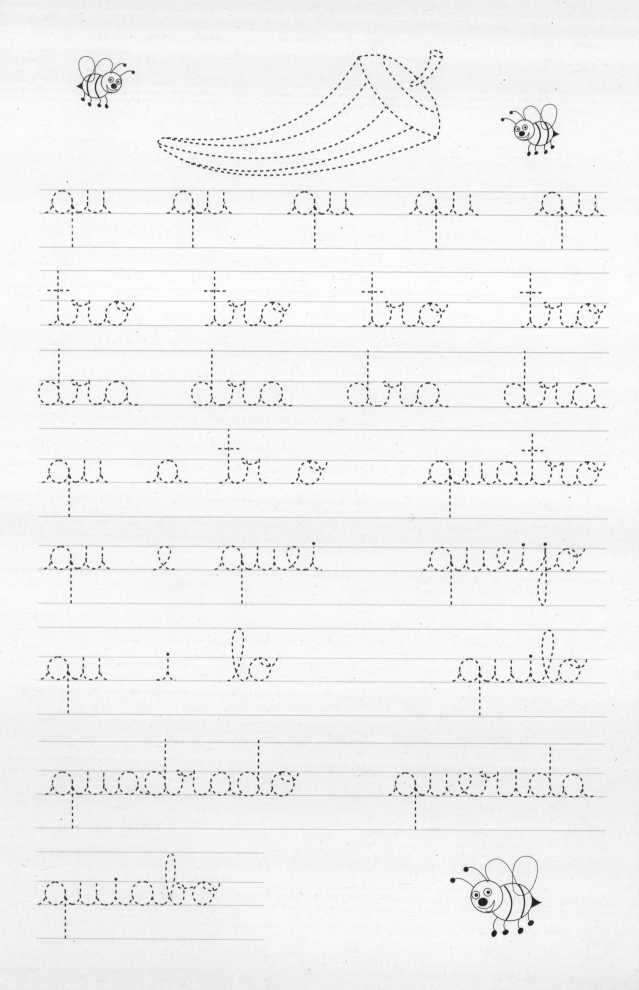

qu qu qu qu qu

tro tro tro tro

dra dra dra dra

qu a tro   quatro

qu e quei   queijo

qu i lo   quilo

quadrado   querida

quiabo

Rr

18

r r r r r

ra re ri ro ru

rato rei Rita

roda rua

rui rui rui rui rui

bar ro barro barro

car ro carro carro

raposa remoto

risada rugido

Rússia

19 19 19 19 19 19 19

QUE TAL ESCREVER AS FRASES E PRATICAR A CALIGRAFIA?

A mula não come limão.

A menina é a Mila.

O menino é o João.

Mila e João no balão.

Nino empina a pipa.

A menina joga peteca.

O pato é pateta.

A peteca cai na mão
do menino.

SIGA OS PONTOS PARA ESCREVER.

VAMOS TREINAR OS NÚMEROS DE 1 A 20:

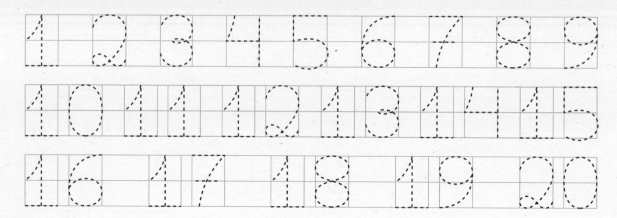

VAMOS RECAPITULAR AS SÍLABAS?

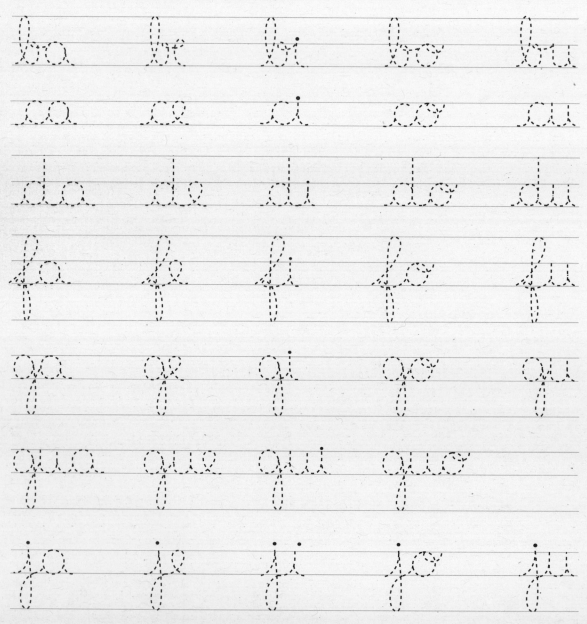

AGORA, VAMOS TREINAR NOVAS LETRAS!

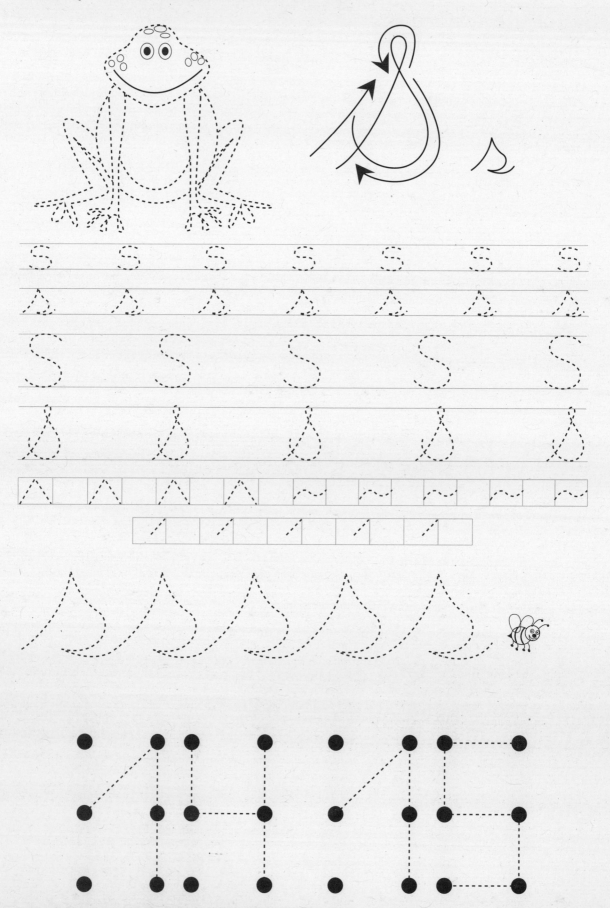

sa se si so su

sapo sole sino

sol suco

su su su su su

sumo suma

sacudo suma

ss ss ss ss ss

osso missa

pássaro esse disso

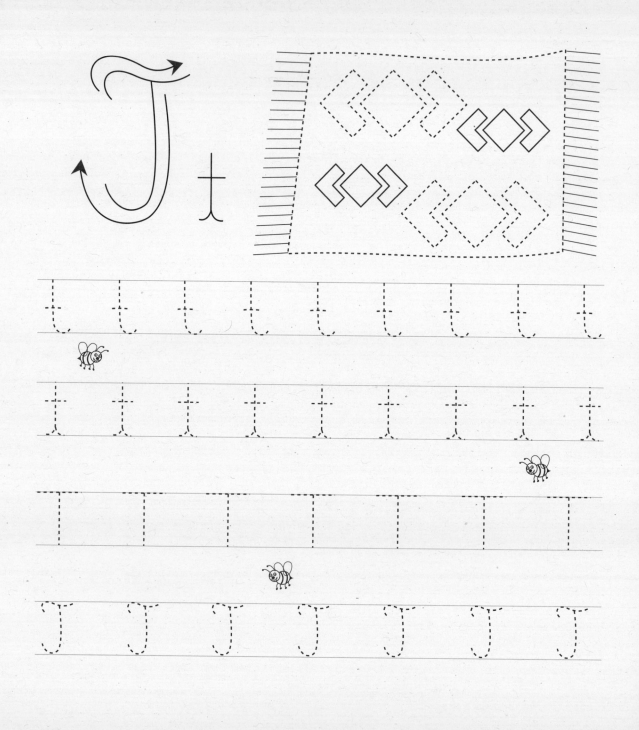
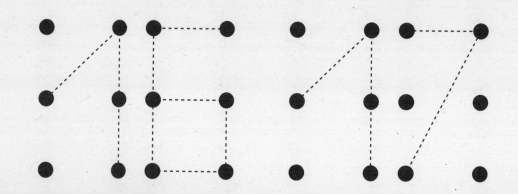

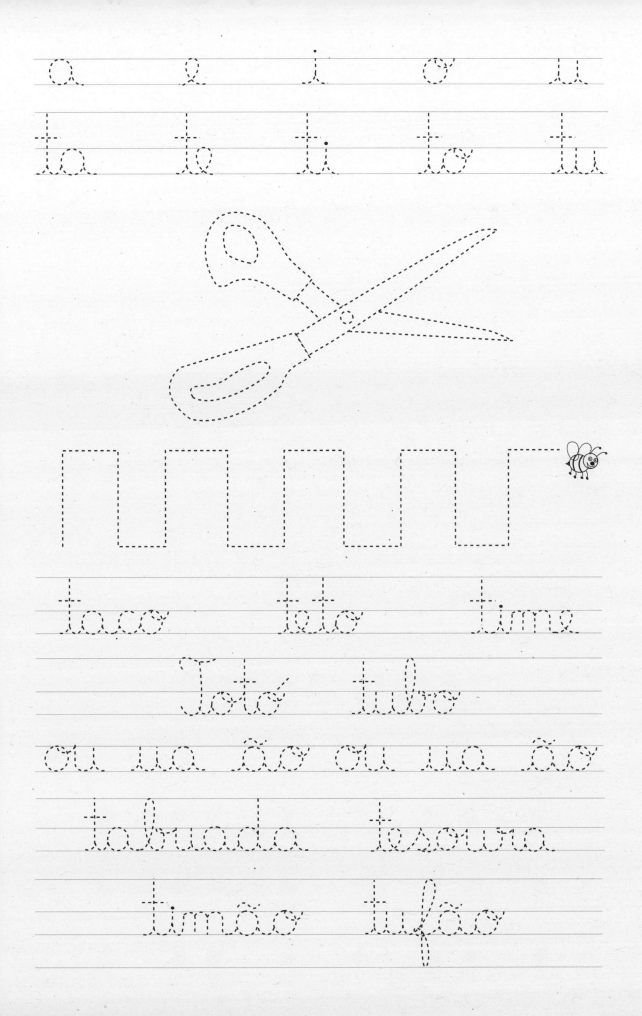

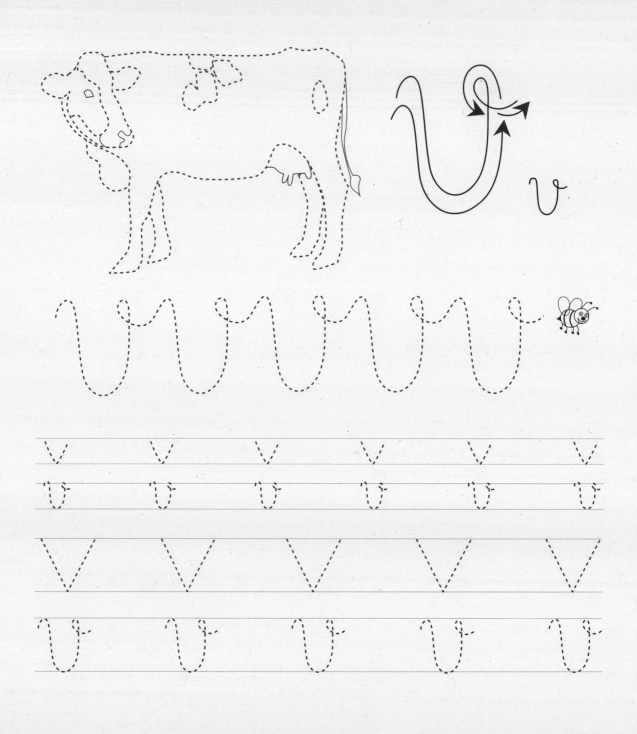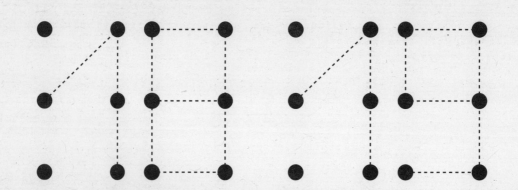

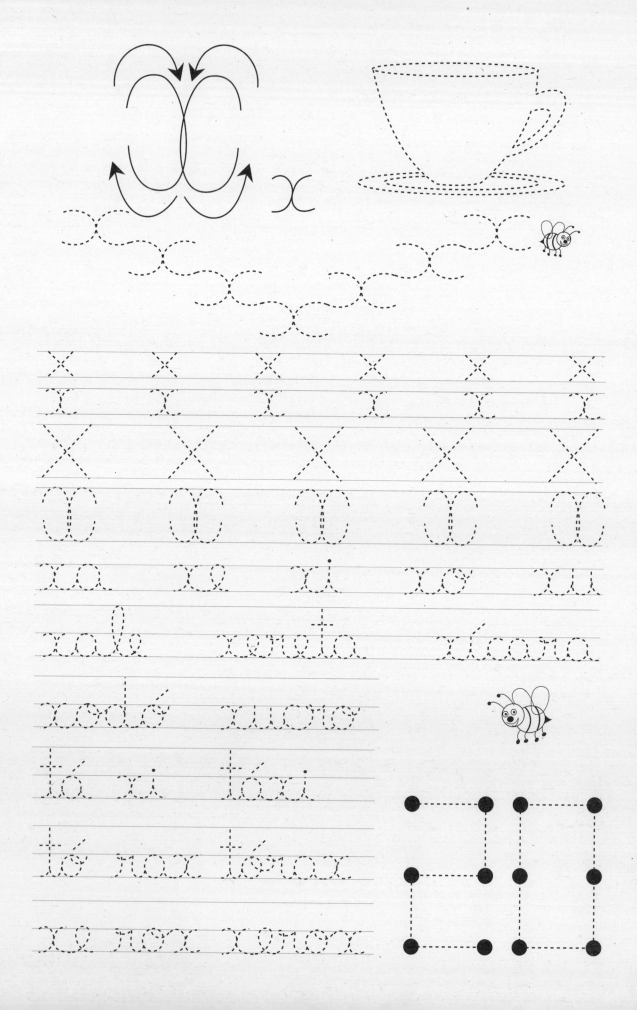

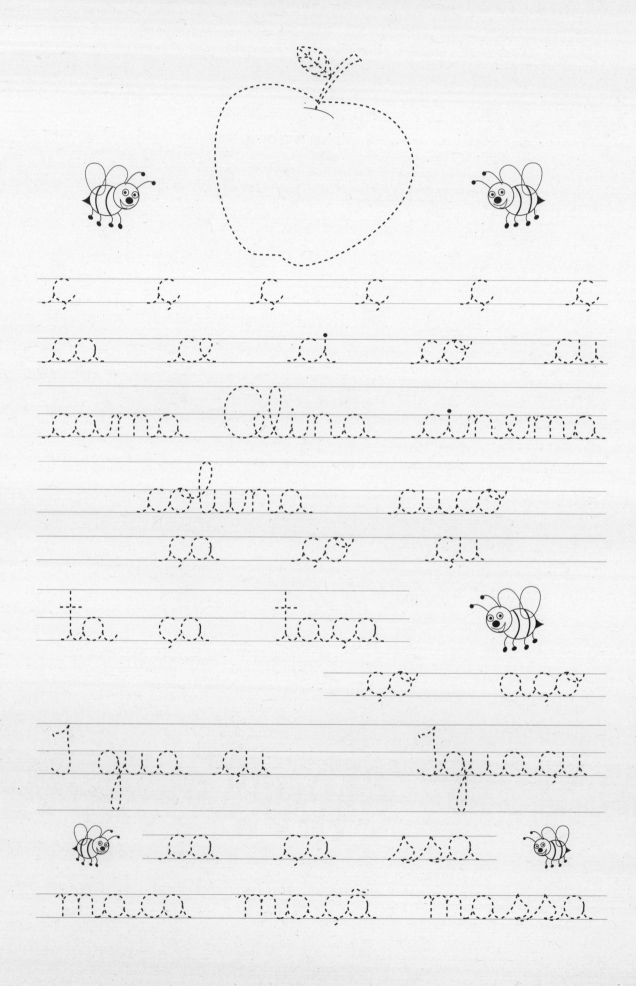

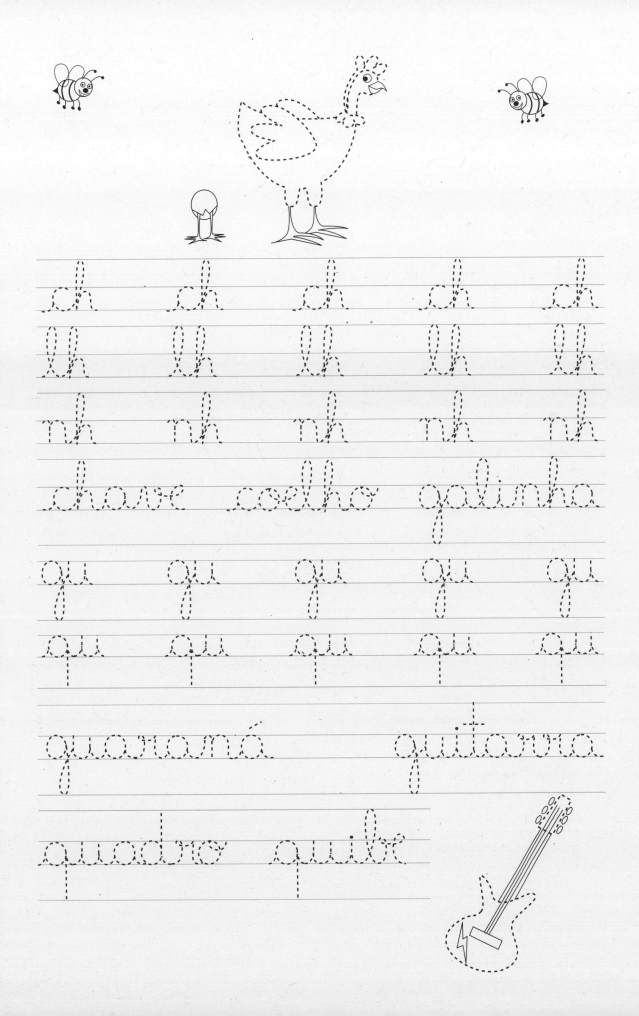

ch ch ch ch ch

lh lh lh lh lh

nh nh nh nh nh

chave coelho galinha

qui qui qui qui qui

qu qu qu qu qu

guaraná guitarra

quadro quibe

O osso duro é do Totó.

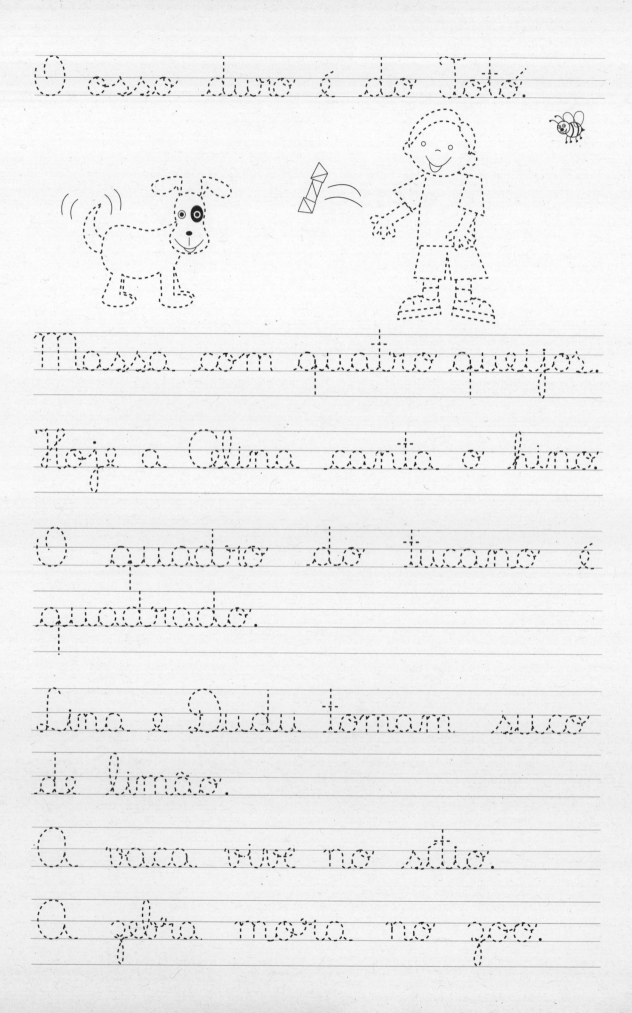

Massa com quatro queijos.

Hoje a Alina canta o hino.

O quadro do tucano é quadrado.

Lina e Dudu tomam suco de limão.

A vaca vive no sítio.

A zebra mora no zoo.